Le Noël de Nicolas

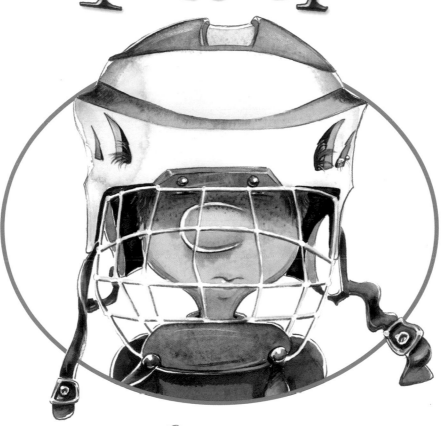

Texte de Gilles Tibo Illustrations de Bruno St-Aubin

Éditions
SCHOLASTIC

D0925943

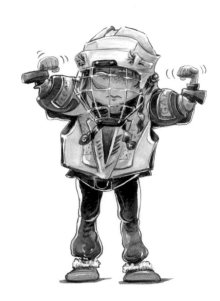

Catalogage avant publication de Bibliothèque et Archives Canada

Tibo, Gilles, 1951-, auteur

Le Noël de Nicolas / Gilles Tibo ; illustrateur, Bruno St-Aubin.

ISBN 978-1-4431-2942-8 (br.)

I. St-Aubin, Bruno, illustrateur II. Titre.

PS8589.I26N65 2013   jC843'.54   C2013-902471-9

Édition publiée par les Éditions Scholastic, 604, rue King Ouest, Toronto (Ontario) M5V 1E1.

5 4 3 2 1   Imprimé au Canada 119   13 14 15 16 17

MIXTE
Papier issu de sources responsables
FSC® C103113

10%

Aux deux cadeaux du ciel :

Maéva et Anaïs

Gilles Tibo

À Marius

Bruno St-Aubin

Quatre jours avant Noël,
je tourne et tourne autour
du sapin. J'essaie de deviner ce
que renferment les cadeaux!

2

— Nicolas, tu m'étourdis! me dit ma mère.

— Nicolas, tu m'énerves, s'écrie ma sœur.

— Nicolas, tu me fatigues, ajoute mon père.

Trois jours avant Noël, j'essaie de me faire plus discret... Je fais semblant d'attacher mes lacets. Je me penche et soupèse un cadeau, ou bien je cherche le chat derrière le sapin... et je palpe les boîtes.

Ou bien je fais des culbutes dans le salon et,
sans faire exprès... je déplace et replace une boîte.
Mon père me lance :

      — Nicolas, si tu continues, tu n'auras pas
de cadeaux cette année!

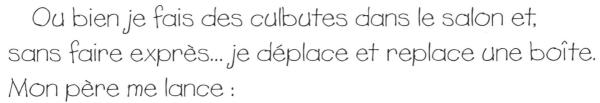

Deux jours avant Noël, je ne peux plus attendre.
Je vais devenir complètement maboul! Pour passer
le temps, je vérifie la liste des cadeaux que mes amis
et moi avons envoyée au père Noël.

Liste des cadeaux :

Des épaulettes de hockey
Des chandails de hockey
Des gants de hockey
Des jambières de hockey
Des patins de hockey
Des livres de hockey
N'importe quoi concernant le hockey

Finalement, après avoir compté les heures, les minutes et les secondes, la veille de Noël arrive enfin. Mes parents ont préparé un repas pour une vingtaine de personnes. Mais nous sommes seulement quatre. Peut-être que le père Noël et ses lutins viendront souper avec nous!

Tout à coup, **DING! DONG!** On sonne à la porte. Mais ce n'est pas le père Noël.

— Coucou! Allô! Joyeux Noël! s'écrient mes grands-parents, mes oncles, mes tantes, mes cousins et mes cousines en s'engouffrant dans la maison.

Ils déposent des cadeaux sous l'arbre.
Impossible de les déballer tout de suite! Nous
devrons attendre jusqu'à demain matin
parce que le père Noël doit passer pendant
la nuit.

Après la messe de minuit, nous revenons à
la maison. Toute la famille couche chez moi. Mes
cousins, mes cousines, ma sœur et moi, nous nous
installons au sous-sol, dans des sacs de couchage.
Nous jouons à la cachette! Nous faisons des
batailles d'oreillers! Et nous finissons par nous
endormir, complètement épuisés.

Le matin de Noël, ma grand-mère vient nous réveiller :

— Vite! Vite! Le père Noël est passé pendant la nuit!

Nous nous levons en vitesse. Nous nous précipitons dans le salon. Il y a des cadeaux partout! Mon père se coiffe d'un bonnet rouge. Il fait la distribution. Ma sœur reçoit le livre dont elle rêvait. Mes cousins crient de joie en déballant leurs présents. Et moi, je reçois un beau casque protecteur!

Mais oups! Le casque protecteur est beaucoup trop grand.

Ensuite, pendant que mes cousins et cousines hurlent de bonheur, moi, je reçois des épaulettes... beaucoup trop larges... Je suis découragé.

Quelques minutes plus tard, je reçois un chandail de hockey, un chandail de géant! Puis des jambières dans lesquelles je flotte...

Puis des gants énormes... Je suis *encore plus* décourage.

À la fin, je déballe le cadeau tant attendu, le cadeau du père Noël : des patins de champion! Mais ils sont beaucoup trop grands pour moi. Je suis *encore plus que plus* découragé. Pour me consoler, ma mère me dit :

— Ne t'en fais pas, Nicolas, les pieds, c'est ce qui grandit le plus vite!

Mes cousins et mes cousines s'amusent avec leurs cadeaux. Moi, je reste tout seul dans mon coin, avec mon équipement de hockey trop grand, trop large, trop long... Je suis... Je suis *encore plus que complètement* découragé!

Malgré ma déception, je téléphone à mes amis pour leur souhaiter un joyeux Noël. Chacun a reçu un équipement de hockey. Mais à ma grande surprise, chacun est dans la même situation que moi... Nous sommes *plus que plus que plus que complètement* découragés; nous sommes désespérés!

Je raccroche et je regarde dehors. Il neige.

Je réfléchis... Je réfléchis. Et soudain, **EURÊKA!** J'ai trouvé! En vitesse, je rappelle mes amis. Tous sont d'accord avec mon idée géniale. Je raccroche, puis j'annonce à mes parents que je vais étrenner mon nouvel équipement de hockey avec mes amis.

— Quelle bonne idée! s'exclame mon grand-père.

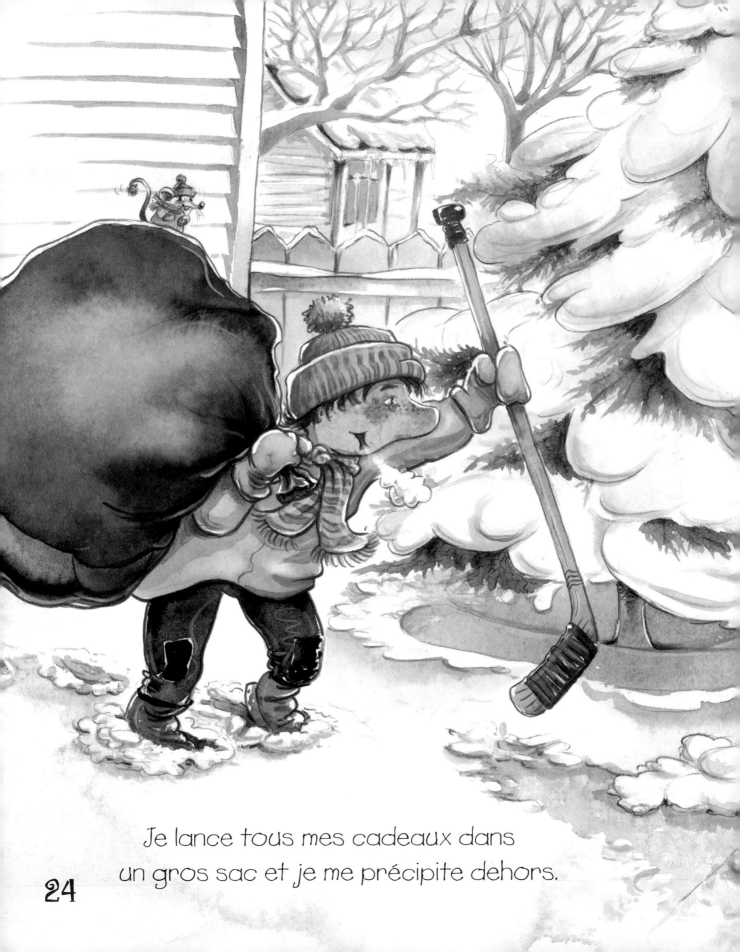

Je lance tous mes cadeaux dans
un gros sac et je me précipite dehors.

Plusieurs de mes amis m'attendent déjà.
D'autres arrivent en courant.

Nous étalons notre équipement sur le trottoir
et nous commençons à faire des échanges. Au bout
de vingt minutes, les petits joueurs ont échangé
des pièces avec les grands joueurs. YOUPI! Chacun
a un équipement à sa taille et à son goût!

Je reviens chez moi habillé en joueur de hockey,
avec un équipement qui me va parfaitement.
En me voyant, toute la famille s'exclame :
— **WOW!** Nicolas, comme tu es beau!
— On dirait un vrai joueur de hockey!

En répétant **MERCI! MERCI! MERCI!** C'est le plus beau Noël de toute ma vie! j'embrasse tout le monde et tout le monde me sourit... sauf ma mère qui regarde mes patins en fronçant les sourcils.

Elle trouve que j'ai grandi vraiment vite...
en si peu de temps!